Cuando Amamos
Cantamos

When We Love
Someone
We Sing to Them

cuento/story: Ernesto Javier Martínez
arte/art: Maya Gonzalez
traducción/translation: Jorge Gabriel Martínez Feliciano

Reflection Press
San Francisco, CA

When we *love* someone,
Papi tells me,
we sing to them,
we send our *love* through song.
We voice our heartfelt wishes.
We craft soft music kisses.

Cuando amamos a alguien,
Papi me dice,
le cantamos,
le mandamos nuestro amor a través de la canción.
Damos voz a nuestros más dulces deseos.
Creamos besos sonoros y serenos.

We call this a serenata,
it's our way to hug with sounds.
We call this *Xochipilli's joy*,
when the feeling of
blooming flowers
and dancing butterflies
abound.

4

A esto le llamamos una serenata,

es nuestra manera de abrazar con la voz. También le llamamos *la alegría de Xochipilli,* la abundante sensación de flores floreciendo y mil mariposas, tenues, estremeciendo.

Like when we sang to Mom last May.
On Mother's Day, we sang softly, in the morning.
Do you remember we sang by her pillow? Papi asks.
Do you remember the soft feeling,

a joye cloud that billowed?

Como cuando le cantamos a Mamá el mayo pasado.
El día de Las Madres, le cantamos suavemente por la mañana.
¿Recuerdas que le cantamos y tenía su carita en la almohada?
preguntó Papi.
¿Recuerdas el sentimiento,

que como una nube llena de amor, se elevaba?

I remember, Papi, I remember!
Mom was smiling with her eyes,
and we sang gently.
She hummed along and
breathed in deeply.
She touched your neck and
whispered sweetly.

¡Recuerdo, Papi,
    lo recuerdo!
Mamá sonreía con sus ojos,
y le cantamos tiernamente.
Tarareaba y respiraba profundamente.
Te tocó el cuello
y susurró dulcemente.

I promise you, my son,
Papi tells me,
when you start to feel
the *Xochipilli* way,
I will sing with you,
it will be my honor,
we will share what's
in your heart
someday.

Te prometo mijo,
Papi me dice,
cuando sientas
la alegría de *Xochipilli*,
cantaré contigo,
será mi orgullo,
compartiremos
el amor tuyo.

My heart?
¿Mi corazón?

My heart zoomed like a bird the day we met.

Mi corazón giró como pájaro el día que nos conocimos.

My heart fluttered
like the wind in the grass when you
held my hand.

Mi corazón vibró
como hojas de zacate en el viento
cuando tomaste mi mano.

My heart beat as loud as the rain
the afternoon we spent together.

Mi corazón retumbó como la lluvia
en la tarde que pasamos juntos.

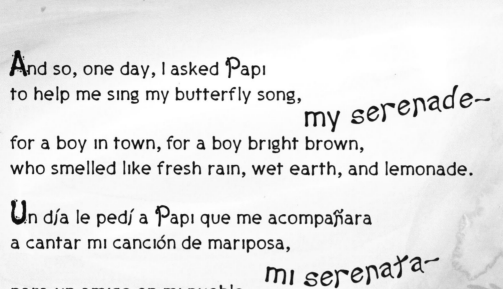

And so, one day, I asked Papi
to help me sing my butterfly song,
my serenade~

for a boy in town, for a boy bright brown,
who smelled like fresh rain, wet earth, and lemonade.

Un día le pedí a Papi que me acompañara
a cantar mi canción de mariposa,
mi serenata~

para un amigo en mi pueblo,
para un niño brillante y moreno,
que olía a lluvia, tierra mojada,
y a la más dulce limonada.

This boy is special,
I told Papi.
He makes my heart hum, sing!
At school
I never eat lunch without him.
At recess, we squeeze
together on the swing.

Este amigo es especial,

le dije a Papi.
El es la razón por la cual existen mariposas
en mi corazón.
En la escuela nunca almuerzo sin él.
En el recreo siempre comparto
mi columpio con él.

23

Papi remained quiet after I told him.
He sighed, turned his head, and looked out the window.
But as soon as I saw where he was staring, I squealed:
Look, Papi! He lives that way, near the tienda,
by the willow!

Papi se quedó callado después de que le dije.
Suspiró, volteó la cabeza, y miró por
la ventana.
Pero tan pronto vi donde estaba
mirando, grité:
¡Mira Papi! ¡Vive allí, junto al sauce,
cerca de la tienda!

What song
should we sing
for
your friend?
Papi asked.
I said,

teach me
a song for
a boy who
loves boys.

Papi thought for a while,
then he thought a bit more,
saying,
let's make a new song,
a great song,
for your butterfly-garden-love-joy.

26

¿Qué canción
debemos cantar
para tu amigo?
preguntó Papi.
Le dije,

enséñame
una canción
para un niño
que ama a
otro niño.

Papi pensó por un rato,
luego pensó un poco más,
diciendo al fín,
compongamos una nueva
canción, una gran canción,
para el jardín de mariposas
en tu corazón.

Papi drove
me to the boy
three days later.
We practiced my
new song,
my *love* song,
the whole car ride there.
When we parked the car,
and tuned the guitar,
Papi hugged me and said
sing with flair.

Papi me llevó, en coche, a ver a mi amigo
tres días después. Practicamos mi
nueva canción *de amor*
durante todo el viaje.
Cuando nos estacionamos
y afinamos la guitarra,
Papi me abrazó, diciéndome,
canta con alegría,
canta.

I cleared my throat,
I sang my heart-notes,
and heard a window open.
And there he was,
Andrés my best friend,
his smile, the brightest sunrise.
My song to him,
a small Joye token.

Aclaré mi voz,
canté con todas las alas en mi corazón.
Y escuché
una ventana abrirse.
Y allí estaba él,
Andrés mi amigo fiel.
Su sonrisa, un amanecer brillante.
Mi canción para él, una flor brotando,
fragante.

Papi tells me that my garden inside
is sacred, deep-rooted—
that it blooms butterflies, Papalotl,
like no one else's.
He says that gardens like mine, even
through droughts, have persisted.
He says that

gardens like mine
have always existed.

Papi me dice
que mi jardín interior es sagrado,
profundamente arraigado—
que florece mariposas, Papalotl,
sin iguales.
Él dice que los jardines interiores
como el mío,
incluso durante las sequías,
han persistido.
Dice que
siempre han existido jardines
como el mío.

A note from the Author

I grew up in Oakland, California singing *boleros* and *rancheras* in my family's trio. Early on, I learned that music held powerful magic for Latino immigrant families like mine. I learned how music could communicate love, history and *sabiduría*, while also providing comfort and reinforcing community in a foreign land. Unfortunately, none of the songs I was taught included love between boys. As a young gay boy, this brought me sadness and left me concerned that my feelings were not important to those around me. I grew up loving music, loving my community and family, but I was so sad about not being included that at one point, I stopped singing. Inside, I wanted a song ⁀a healing, loving song all my own⁀ and a community that I could trust would listen.

ERNESTO Y SU HERMANO

ERNESTO AND HIS BROTHER, 1986

Working with Maya and writing this book, I learned that creating children's books can be a form of cultural medicine, both for the queer person of color revisiting their past and for the larger community eager to see themselves represented. The story I wrote for this book heals me and the boy that I was. And it is with gratitude that I offer it to my community.

Ernesto Javier Martínez is a queer Chicano-Rican educator and writer. He teaches in the Department of Ethnic Studies at the University of Oregon and is an active member in the Association for Jotería Arts, Activism, and Scholarship (AJAAS). His work has received multiple recognitions, including a Lambda Literary Award in 2012. www.ernestojaviermartinez.com

ERNESTO Y SU PAPÁ

ERNESTO AND HIS FATHER, 1981

About Serenatas

Singing is important in this story, but *serenatas* are a very special form of singing. Serenatas are a Mexican tradition of *singing to someone who you love*. Serenatas are best done early in the morning or late at night because the goal of singing a serenata is to surprise the person you love. Imagine them sleeping peacefully in their bed and then, like a dream, they hear beautiful music as they slowly open their eyes. When they realize where the music is coming from, they get up and see you outside their window (or outside their door!), singing and smiling. In my imagination, *Xochipilli*, the Mesoamerican god of creativity and song, is flowing through you when you feel love and sing like this. Like a thousand flowers blooming, he is bringing joy to the one you love.

Una nota del Autor

Me crié en Oakland, California cantando *boleros* y *rancheras* en el trío de mi familia. Desde muy temprana edad, aprendí que la música contenía magia poderosa para familias latinas inmigrantes como la mía, aprendí como la música podía comunicar amor, historia, y *sabiduría*, al igual que también podía proveer consuelo y fortalecer el sentido de comunidad en el extranjero. Desafortunadamente, ninguna de las canciones que me enseñaron incluía el amor entre niños. Siendo un niño *gay*, esto me causó mucha tristeza y me dejó preocupado que mis sentimientos no eran importantes para aquellos que me rodeaban. Crecí amando la música, amando a mi comunidad y a mi familia, pero estaba tan triste de no sentirme incluído que llegó un momento en que dejé de cantar. En mi interior, quería una canción —curativa, amorosa y mía— y una comunidad en la cual podría confiar que la escucharían.

Trabajando con Maya y escribiendo este libro, aprendí que creando libros para niñxs puede ser una forma de medicina cultural, tanto para la persona de color y *queer* que voltea la vista hacia su pasado como también para la comunidad *queer* y de color en general con ansias de verse representados. La historia que escribí para este libro me sana a mí y al niño que era. Y es con gratitud que lo ofrezco a mi comunidad.

Ernesto Javier Martínez es un educador y escritor *queer* chicano-puertorriqueño. Da clases en el Departamento de Estudios Étnicos en la Universidad de Oregon y es un miembro activo en la Asociación para Artes, Activismo, y Estudios de Jotería (AJAAS). Su trabajo ha recibido muchos reconocimientos, incluyendo el Premio Literario Lambda en 2012. www.ernestojaviermartinez.com

Sobre las Serenatas

Cantar es importante en este cuento, pero las *serenatas* son una manera muy especial de cantar. Las serenatas son una tradición mexicana *en la cual se le canta a un ser amado*. Serenatas suelen ser mejores temprano, por la madrugada, o tarde, por la noche, porque el objetivo de la serenata es sorprender a la persona querida. Imagínense que ellos duermen pacíficamente en su cama y luego, como en un sueño, escuchan música bella mientras abren los ojos lentamente. Cuando se dan cuenta de donde viene la música, se levantan y te miran a través de su ventana (¡o al otro lado de la puerta!), cantando y sonriendo. En mi imaginación, *Xochipilli*, el dios mesoamericano de la creatividad y la canción, fluye a través de uno cuando sentimos amor y cantamos así. Como mil flores floreciendo, él le trae alegría a tu ser amado.

A note from the Artist

When I was a kid, my Dad taught himself to play the guitar. His music became a part of the family, his guitar a part of him. He even played when we were watching TV. I didn't mind because I loved the vibration, the rhythm and strum. He began a folk band at church after we moved from California to Oregon. The first time Ernesto shared his story with me I thought of my Dad. I could feel the guitar vibrating through. It was more than familiar. It was family.

When I was 20, my family stopped talking to me due to their homophobia. Many years later, we are in touch but remain distant. As I made the art for this book I could hear the sound of the guitar singing to me and my heart expanded with love and respect for myself and all that my family gave me as a kid. My father brought creativity and spirit into our home and these gifts have always supported me. In the art, I included aspects of my Dad, as well as my favorite green truck from my childhood. In my imagination, the guitar is his.

EL PAPÁ DE MAYA/MAYA'S DAD, *circa 1979*

Maya Gonzalez is an award-winning children's book illustrator and author. She has illustrated more than 30 children's books many of which she also wrote. Her books have been recognized by the Pura Belpré award, Américas Book Award, and International Latino Book Awards. A queer, femme Chicanx activist, she lives in San Francisco, California with her partner, Matthew, and two kids. www.mayagonzalez.com

How this book came to be

If we want to create a new world, we must begin with our imaginations then do our best to live it in our hearts until it is real inside and outside. This is why I make kids' books, to make my dreams real on the outside and actively change the world in unity with some of the most powerful BEings ever, *kids*.

In 2015 I did an in-depth review of LGBTQI+ (lesbian, gay, bisexual, transgender, queer, intersex+) children's books for my online School of the Free Mind. I understood the level of invisibility and silence our community experiences in children's literature, particularly for indigenous and people of color, in a way that I could not ignore. I sent out a call to my community, "PLEASE TAKE ACTION NOW! We need your voices!"

One of the responses I got was from Ernesto. We didn't know each other, but we began a conversation. We tried different ideas but felt that time was of the essence. Eventually, I encouraged him to make a book with me as his mentor. This book represents our mentorship journey. It is a strong-hearted book that passes on our queer beauty and fabulousness from the inside OUT while creating a new vision of the world. Our LGBTQI+ kids deserve to know our power and the world we want to create with them. We are the revolution.

Viva la raza! ~xomaya

Una Nota de la Artista

Cuando yo era joven, mi Papá se enseñó solo a tocar la guitarra. Su música se hizo parte de la familia, su guitarra parte de él. Hasta solía tocar cuando estabamos viendo le televisión. A mi no me molestaba porque me gustaban las vibraciones, el ritmo y el rasgueo. El formó un grupo folclórico en la iglesia después de que nos mudáramos de California a Oregón. Cuando Ernesto compartió su historia conmigo por primera vez pensé en mi Papá. Sentí las vibraciones de la guitarra. Era más que algo familiar. Era familia.

MAYA, SIEMPRE HACIENDO ARTE

Cuando tenía 20 años de edad, mi familia dejó de hablarme a causa de su homofobia. Muchos años después, estamos en contacto pero permanecemos distantes. Cuando hice el arte para este libro pude sentir el sonido de la guitarra tocando para mí y mi corazón se estremecio con amor y respeto hacia mi misma y hacia todo lo que mi familia me brindó de joven. Mi Papá trajo creatividad y espíritu a nuestra casa y esos regalos siempre me han apoyado. En el arte, yo incluyí aspectos de mi Papá, como la camioneta verde favorita de mi juventud. En mi imaginación, la guitarra es suya.

MAYA, ALWAYS MAKING ART, circa 1975

Maya Gonzalez es una galardonada ilustradora y autora de libros para jóvenes. Ella ha ilustrado más de 30 libros de niñxs muchos de los cuales tambien escribió. Sus libros han recibído reconocimientos del Premio Pura Belpré, Américas Book Award, e International Latino Book Awards. Una activista *queer, femme* Chicanx, Maya vive en San Francisco, California con su pareja, Matthew, y dos niñxs. www.mayagonzalez.com

Como se logró este libro

Si queremos crear un mundo nuevo, tenemos que comenzar con nuestras imaginaciones y luego hacer lo mejor para vivirlo en nuestros corazones hasta que se convierta en realidad por dentro y por fuera. Esta es la razón por la cual yo produzco libros para niñxs, haciendo mis sueños realidad por fuera y así cambiar el mundo en unión con unos de los seres más podersosos de todos los tiempos, *niñxs*.

En el 2015, realicé una investigación a fondo sobre los libros para jóvenes LGBTQI+ (*lesbian, gay, bisexual, transgender, queer, intersex+*) relacionada a mi Escuela de la Mente Libre digital. Así fue que comprendí el nivel de invisibilidad y silencio que nuestra comunidad vive en el mundo de la literatura para niñxs, particularmente para las personas indígenas y de color, de una manera que no pude ignorar. Y mandé un llamado a mi comunidad, "¡POR FAVOR ACTÚEN AHORA! ¡Necesitamos sus voces!"

Unas de las respuestas que recibí fue la de Ernesto. No nos conocíamos, pero empezamos a conversar. Tratamos diferentes ideas pero sentíamos que el tiempo era escaso. Eventualmente, lo animé a que escribiera un libro conmigo como su mentora. Este libro representa nuestro viaje de mentoría. Es un libro con mucho corazón que transmite nuestra belleza queer y lo fabuloso que somos de adentro hacia AFUERA mientras creamos una nueva visión del mundo. Nuestros niñxs LGBTQI+ merecen conocer nuestro poder y el mundo que deseamos crear con ellos. Nosotros somos la revolución. ¡Viva la raza! ~Xomaya

A song for a boy who loves a boy

Jardín de Mariposas

H. Perez ©2018

Buscando tu canción
Encontré esta melodía
Pintada de arco íris
Y llena de alegría
En tono enamorado
Con guitarra a mi lado
Yo te escribo miles versos
Eres el quien mas quiero
Mi lindo compañero

Mis ojos se me llenan
Cuando tu me miras
Mi piel se pinta rosa
Cada ves que tu respiras
Tantos sueños que lograr
Tu nombre me hace cantar
Y te escribo miles versos
Eres el quien mas quiero
Mi lindo compañero

~INTERLUDE~

Mi amor es un jardín
Lleno de mariposas
Y volantes colibrís
Besando cada hoja
Por eso yo te canto
Te quiero tanto, tanto
Nunca te olvidaré

Buscando tu canción
Encontré esta melodía
Pintada de arco íris
Y llena de alegría
En tono enamorado
Con guitarra a mi lado
Yo te escribo miles versos
Eres el quien mas quiero
Mi lindo compañero

La Serenata - short film

This book was the inspiration for the short film, *La Serenata*, directed by Adelina Anthony, including the song, *Jardín de Mariposas*.

Este libro fue la inspiración para el cortometraje, *La Serenata*, dirijida por Adelina Anthony, incluyendo la canción *Jardín de Mariposas*.

Femeniños Project

Founded by Ernesto, the femeniños project is a children's literature and narrative film initiative exploring the relationship between queer Latino/x youth and their *familias*. Read more about the project, this book, the short film and song online.

Fundado por Ernesto, el proyecto femeniños es una iniciativa de literatura y cine para jóvenes que explora la relación entre la juventud queer Latino/x y sus familias. Pueden leer más sobre este proyecto, este libro, el cortometraje y la canción en línea.

www.femeniños.com

Xochipilli is the Mesoamerican Nahua god of creativity, art, song, writing, and dance. His name is made up of two nahuatl words: *Xochitl* ("flower") and *pilli* ("prince"/"child"). He was often depicted in a cross-legged and/or seated position with sacred, magical flowers covering his body. Flowers carried very important ritual meanings for the Nahuas of Mesoamerica. Among other things, flowers represented love, fertility, growth, and enchantment and were sometimes associated with queer/two-spirit people in Nahua culture. The Nahua people still continue to inhabit Central Mexico to this day.

Xochipilli es el diós mesoamericano nahua de la creatividad, el arte, la canción, la escritura, y el baile. Su nombre está compuesto de dos palabras en Náhuatl: *Xochitl* ("flor") and *pilli* ("príncipe"/"joven"). Frecuentemente se le representaba con las piernas cruzadas y/o sentado en una posición sagrada, con flores mágicas cubriendo la piel de su cuerpo. Las flores tenían significados rituales muy importantes para los Nahuas de Mesoamérica. Entre otras cosas, las flores representaban amor, fertilidad, crecimiento y el encanto, y a veces eran asociadas con personas *queer* o gente de dos-espíritus en la cultura nahua. La gente nahua sigue vigente en la region central de México hasta la fecha.

Butterflies are called "*papalotl*" by the Náhuatl-speaking people of Central Mexico (Nahuas). Some contemporary queer Latinos/as/xs call themselves the Spanish form, "*mariposa*" as a powerful affirmation of femininity and as a way to pay respect to their own process of self-acceptance and transformation.

Las mariposas son nombradas "*papalotl*" por la gente que habla Náhuatl en la parte central de México (Nahuas). Algunos queer Latinos/as/xs contemporáneos usan la palabra en español, "*mariposa*" como una poderosa afirmación de lo femenino y como una manera de rendir homenaje a su proceso de aceptación propia y transformación.

For my dear mother, Marcolina Feliciano, and in memory of our lost huapanguero, Jorge Martínez Cárdenas (1945–2013) – EJM

To Matthew, Zai, Sky and my Dad – MG

Story Copyright © 2018 by Ernesto Javier Martínez
Art Copyright © 2018 by Maya Gonzalez
Translated by Jorge Gabriel Martínez Feliciano
Published by Reflection Press, San Francisco, CA
Book Design & Production by Matthew SG

Printed in the USA
ISBN 978-1-945289-14-9 (hardcover)
ISBN 978-1-945289-15-6 (paperback)
Library of Congress Control Number: 2018957107

Summary: A reclamation of the Mexican serenata tradition, follow the story of a young boy who asks his father if there is a song for a boy who loves a boy.

Reflection Press is an independent publisher of radical and revolutionary children's books and works that expand cultural and spiritual awareness. Visit us at **www.reflectionpress.com**
For permissions, bulk orders, or if you receive defective or misprinted books, please contact us at info@reflectionpress.com

CPSIA information can be obtained at www.ICGtesting.com
Printed in the USA
LVIW012039260720
661583LV00029B/384